Je suis
Puma Féroce !

premières lectures

...pour les enfants qui apprennent à lire

Le texte à lire dans les bulles est conçu pour l'apprenti lecteur. Il respecte les apprentissages du programme de CP :

NIVEAU TRÈS FACILE — le niveau TRES FACILE correspond aux acquis de septembre à décembre,

NIVEAU FACILE — le niveau FACILE correspond aux acquis de janvier à juin.

Cette histoire a été testée à deux voix par Sophie Dubern, enseignante, et des enfants de CP.

Cet ouvrage est un niveau Facile.

IMPRIM'VERT
Votre imprimeur agit pour l'environnement

Loi n° 49-956 du 16 juillet 1949 sur les publications destinées à la jeunesse
ISBN : 978-2-09-251269-2
N° éditeur : 10183574 - Dépôt légal : décembre 2011
Imprimé en France par Pollina - L58939B

Je suis Puma Féroce !

Texte de Laurence Gillot
Illustré par Rémi Saillard

Nathan

Au supermarché, Loulou
pousse des cris d'Indien.

Sa mère se fâche :

– Loulou ! Arrête de faire le zozo !

Je ne suis pas un zozo, je suis un Sioux !

– Et moi, je suis une squaw !

– Euh...

Fleur de Lotus.

– Et si Petit Ours aidait Fleur de Lotus à faire les courses ? Tiens, toi aller chercher crème fraîche.

– Oui ! S'il te plaît !

Devant le rayon
des fromages,
un visage pâle
hésite entre
du camembert
et du gruyère.
Petit Ours pense :

Et sans faire de bruit,
Puma Féroce se place
derrière le visage pâle
et rugit :

Raaaaaaouh !

Le visage pâle sursaute
en hurlant de peur.

Puma Féroce
se sauve !
Il prend la crème
au passage
et la rapporte
à Fleur de Lotus.

– Merci ! Et maintenant,
moi vouloir pain d'épice !

– Oui,
s'il te plaît.

Dans l’allée des gâteaux,
un cow-boy choisit
des gaufrettes
en ajustant
ses lunettes.

Aigle Tout Fou saisit un paquet de céréales géant et, ni vu ni connu, il le dépose dans le chariot de l'homme du Far-West !
Le cow-boy, ahuri, regarde dans son chariot en se grattant la tête !

Aigle Tout Fou éclate de rire :

Puis Aigle Tout Fou
prend son pain
d'épice et s'envole
vers Fleur de Lotus.
– Merci ! Maintenant,
moi vouloir savon.

Le savon dans
le papier bleu avec
des fleurs dessus ?

– Oui,
s'il te plaît !

Aigle Tout Fou court dans le magasin puis s'arrête net. Là-bas, le visage pâle discute avec le cow-boy à lunettes ! Vite, Aigle Tout Fou disparaît en rampant sous les rayons.

Tout à coup, des genoux, puis
des mains, puis une tête apparaissent
sous le nez de Serpent Malin.

C’est un shérif avec une blouse bleue et une grosse voix !

– Sors de là, petit ! dit-il, et il saisit Serpent Malin… par le bras.

Serpent Malin pense très très vite :

– Où est ta maman ?
Tu as perdu ta langue ?
Homme Sans Bouche se tait.

– Comment t'appelles-tu ?

Cette fois, Homme Sans Bouche déclare :

Et il s'échappe en zigzaguant entre les clients puis se réfugie dans un tipi.

Là, il se frappe la poitrine
et proclame :

C'est alors qu'il entend :

– Petit Ours !

Maman entre
dans le tipi.
– Tu m'as fait peur !
J'ai bien cru
que j'avais perdu
mon Petit Ours !

Mon nom n'est plus Petit Ours. Je suis Loup Fort, grand chef sioux !

– Et moi, je m'appelle Gazelle Pressée et je vais finir les courses toute seule ! Toi, tu m'attends là !

Loup Fort ne bouge pas. Loup Fort ferme les yeux. Loup Fort s'endort. Maintenant, son nom est... Loulou Rêveur.

premières lectures

À la rentrée de septembre, les enfants de CP entrent doucement en lecture. Afin de les accompagner dans cette découverte et d'encourager leur plaisir de lire, Nathan Jeunesse propose la collection **Premières lectures** .

Chaque histoire est écrite avec des **bulles**, très simples, et des **textes**, plus complexes, dont les sons et les mots restent toujours adaptés aux compétences des élèves dès le CP.

Les ouvrages de la collection sont tous **testés** par des enseignants et proposent deux niveaux de difficulté : **Très Facile** et **Facile**.

Cette collection est idéale pour la mise en place d'une **pédagogie différenciée**, mais aussi pour une **lecture à deux voix**. Elle permet en effet de mêler la voix d'un «lecteur complice», que la lecture des textes rend narrateur, à celle d'un enfant qui se glisse, en lisant les bulles, dans la peau du personnage.

Un moment privilégié à partager en classe ou en famille !

premiers romans

Et après les **Premières lectures**, découvrez vite les **Premiers romans !**